Lofts
阁楼

LOFT Publications

陕西师范大学出版社

ZITO 迷你建筑设计丛书

这套丛书对近期出现的优秀建筑作品作了一次全面的总结。它将现代流行的商用及居住空间分为10个大类，在结合各类空间特性的基础上，对每一设计详加评述和分析。该丛书不仅涉猎甚广，更真实反映了国际流行的设计思潮，展现了最具诱惑力的设计语言。

1. 休闲场所-建筑和室内设计
2. 酒吧-建筑和室内设计
3. 餐厅-建筑和室内设计
4. 咖啡厅-建筑和室内设计
5. 住宅设计
6. 阁楼
7. 极简主义建筑
8. 办公室
9. 水滨别墅
10. 小型住宅

自从上个世纪中叶以来，在阁楼中建造居所就成为城市发展的主要趋势之一，这种现象意味着居民流动方向的变化，即从郊区向城市中心的迁移。随着城市中心的复兴，阁楼现象首先是一种新的城市观念。阁楼居住者是一群城市建筑传统的捍卫者，他们把这种传统连同艺术一起融入到日常生活之中。

　　最初，"Loft（阁楼）"这个词是指废旧的工业建筑和仓库里开放通透的空间。在英语中，它指的是工厂里的阁楼或顶层空间。现在，"Loft（阁楼）"的概念是指依旧保有工厂气氛的、被重新利用的广阔空间以及那些已民用化的工业建筑。

　　因此，这种现象不仅仅是建筑上的入侵，更多的是对城市居民新的生活方式的描述。阁楼的

第一批入住者是学生和艺术家，他们的财力有限但却对空间有很大的需求。他们成为一些被工业界宣布废弃的建筑的捍卫者。很快他们就代表了一种把艺术融入日常生活的时尚。大众对这种生活方式的广泛接受，使它一点点地赢得了更多追随者，很快局面就得到扭转；现在，住在阁楼里成为身份和经济条件优越的象征。建筑师、艺术家、设计师、室内设计师、作家和摄影师充分享受到了在同一空间工作和生活的优越性，而这种现象又为阁楼的概念增加了新的含义。

这本书列举了利用废弃工厂或仓库空间的15个工程。从美学上看，依据用材和体量的不同，重建新的居住和工作空间有多种多样的方式。

弹性住宅 Flex House

设计：阿奇库贝建筑工作室 Archikubik　摄影：© 尤金妮·庞斯 Eugeni Pons　地点：西班牙巴塞罗那

设计理念是建造一个可灵活地根据使用者活动需要，进行分配、再分配的空间。

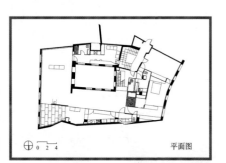

平面图

这座阁楼的优点是拥有巨大的空间，有非常多的改建方案可供选择。建筑师充分利用了这一点和该建筑的其他特点，采用了释放空间的方法，创造出一所极度灵活的住宅。

阁楼里小空间的外墙并不直通天花板。它分隔了白天和夜晚的活动区域，并保持两者之间的联系。这样，屋顶的椽子仍然清晰可见，保留了原空间的空旷感。嵌板、移动壁橱和家具都起到分隔的作用。改建的基本前提是阳光可以透射到所有空间，同时住户可以根据需要修改空间的分配。吊在横栏上的一面红色滑动隔板可以划分起居室的空间，如果喜欢的话，也可以用来分割厨房和餐厅。浴室也使用了滑动门，有助于扩大和改变空间的形状。

室内主要设施——如厨具、壁橱和储藏间——都可装入存储箱，移到其他地方使用，大大降低了安装费用。所有可移动家具都是由阿奇库贝建筑工作室设计的。桌子、厨具和储藏间以复合板制成，外加铝合金饰面。为了增强空间的连续性，地板全部采用光滑的混凝土。

雷诺德住宅 Renaud Residence

设计：查与伊纳霍弗建筑工作室 Cha & Innerhofer Architects　摄影：© 刀罗扎 Dao－Lou Zha
地点：美国纽约

建造过程中选用了经过精心设计和严格质量控制的预制构件。

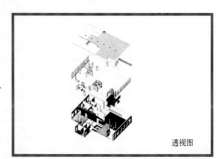

透视图

这座面积约为371平方米的阁楼位于纽约休南区，是一个年轻银行家的住处。设计的特色在于它可由安宁的居住空间转换为忙碌的社交中心。这折射出邻近街区的特点，住宅区通常与热闹的购物中心和艺术馆紧紧相临。

该设计探索了传统现代主义的平面和立体、不透明和透明以及不同材料间的互动关系，在采用当代建筑标准的同时，也尊重已有的建筑格局。

住宅被平均分成两个部分。一部分是开放空间，平面、墙壁和地板的相互影响、相互作用是其最主要的特点，另一部分是私人空间，卧室隐藏在樱桃木的隔断之后。私人空间由隔断上半透明窗透入的光线提供照明，保持了空间的私密性。此外，人工天花板上的天窗是原来遗留下来的元素。

滑动门、铰链门这些可以移动的平板，丰富了整体气氛和各个房间之间的关系。这种设计还方便了光线的穿入。

四层阁楼 Four Level Loft

设计：琼·巴赫 Joan Bach　　摄影：© 乔迪·米罗斯 Jordi Miralles　　地点：西班牙巴塞罗那

该设计的独特之处在于它不需要分隔墙，就在 4 个楼层中分割出不同房间。

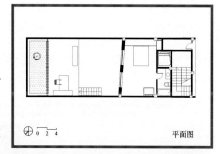

平面图

这个项目位于巴塞罗那市中心重点街区格雷西亚一栋建筑的一层。建筑师琼·巴赫重新规划了建筑物的结构，使之成为一个居住和办公合而为一的设计。

除了浴室之外，每个房间都在不同程度上与其他空间形成呼应。入口设在第二层，此外还设有一个办公性质的小接待台和盥洗室。搭乘一个自动平台可以到达大厅上方的卧室和浴室。

由第二层向下经过 3 个台阶，就来到双层的起居室以及一个小小的天井。天井周围的矮墙使自然光可以充分透入。在起居室的小型阁楼上设置了一间工作室，在那里可以看到室外的街景。

这个手法高效率地分配了空间，同时也标示出室内装饰的标准。一些家具的设计独特，另一些则相对经济实用。外花园有禅宗风格，时尚的照明系统营造了轻松的气氛。建筑的细部表现了一种谨慎的设计风格，从而能充分吸收那些提供最多舒适的装饰及设计手法。

泰晤士河畔的住所 Residence on the Thames

设计：马克·格尔德建筑工作室 Mark Guard Architects
摄影：© 艾伦·摩尼尔 Allan Mower、约翰·贝内特 John Bennet   地点：英国

该设计试图营造一个中性空间，以突出居住者的地位。

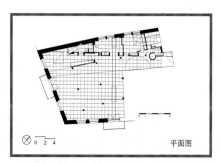

平面图

客户买下了泰晤士河畔一座废旧仓库的第五层，面积约为184平方米。在这个不规则的空间分布着圆柱和横梁组成的框架、宽大的格子窗以及一些黑色的砖墙。

为了提供空间排列的参照点，设计师修建了一道约23.1米长的墙壁，将客房、服务区、厨房和浴室与宏大的起居室分割开。这道墙壁里设有住所内的全部装置。它不是完全意义上的实体，光线可以透过它照射到入口的区域。地板砖铺成的十字型强调了这道墙是该空间内主要的几何形体，也是重要的空间组织者。它在入口处就创造了一个虚假的透视感，把我们的注意力转移到了室外的河畔风光。

墙的尽头变成了主卧室的床头板。这里有一道约1.5米长的滑动门，连接着卧室和起居室。电力系统可以控制浴室和卧室之间玻璃墙的透明度。主人躺在床上可以透过窗子欣赏塔桥的风景。

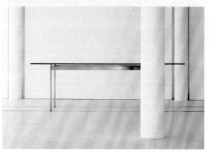

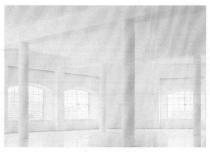

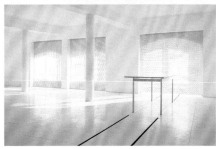

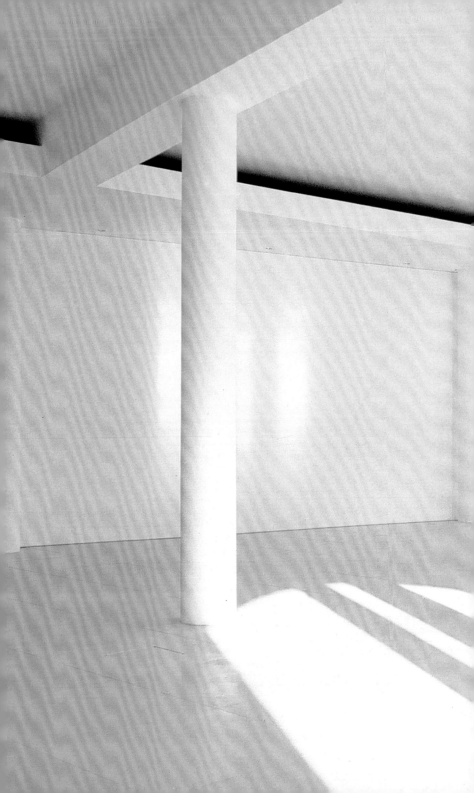

巴塞罗那阁楼 Loft in Barcelona

设计：海伦娜·马杜·坡玛尔 Helena Mateu Pomar　　摄影：© 乔迪·米罗斯 Jordi Miralles
地点：西班牙巴塞罗那

这个阁楼处于工厂的顶楼。它拥有位置上的优势，可以方便、隐秘地直达屋顶。

阁楼位于巴塞罗那的格雷西业区一个生产电器配件的旧工厂里。

改造阁楼的目的是营造一个居住和办公空间。该设计中保持空间的通透性的想法是最为重要的，从一开始就使出资人深受吸引。同样重要的是，绝大多数私人房间和服务性空间都可独立封闭，但仍然要保持空间的延续性。有些盒子形状的模块是用来分割出服务空间，如浴室、厨房和壁橱等生活设施都被藏入矩型的模式化空间。起居室、办公室和卧室分布在这些模块周围。这种设计使自然光可以深入整个空间，直至最深处的角落。

阁楼配置了巨大的滑动门，可以根据不同需要选择保持私密性或者空间的延续性。原有的砖墙、金属构件和拱形屋顶被保留了下来。

由合金楼梯拾级而上，可到达一个小小的办公室。办公室通往带有花园的平台，花园占据着工厂的顶部。

平面图
0 2 4

设计：实体建筑工作室 Blockarchitecture　摄影：© 克里斯·塔博斯 Chris Tubbs
地点：英国伦敦

建筑师寻求创造一个令人振奋、独具创造性的空间。

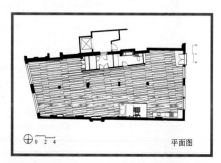

平面图

实体建筑工作室改变传统、空间和材料的愿望在伦敦这座阁楼里直接得到了体现。所有的元素都沁入到持续的变换之中，这种变换在当今的"剪贴"文化中已司空见惯。

该设计保留了原有划分空间的混凝土结构，使它们保持尽可能的完整和开放。混凝土墙的大小和形状因引人注目的木质平台而得到强调，它很适合这座工作室的气氛，这种氛围一直延伸到建筑立面外部的阳台。

一道长达3米、用回收钢板制成的墙壁决定了空间的分配，把门廊、小储藏室、盥洗室和冲洗胶卷的暗室隔开。门关上以后，没有其他通道与外界相连，公寓成为一个完全孤立的空间。

剩余的家居功能区都设置在钢板墙的另一侧。这一设计的优点在于可以利用其巨大的空间举办各种活动。

多伦多住所 Residence in Toronto

设计：瑟瑟尼·西蒙有限公司 Cecconi Simone Inc　　摄影：© 乔伊·冯·逖德曼 Joy von Tiedemann
地点：加拿大多伦多

该设计建立在旧工厂壁橱、冷藏库大门以及一座自助餐厅的基础上。

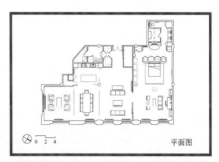

平面图

这栋住宅位于多伦多一个旧工业区，是该地区正在进行的仓库和工厂改建以及城市复建计划的一部分。

设计师试图使原有建筑结构与设计中的新元素相互融合，互为补充。该住所原来被划分为两个区域，现在他们把这两个区域连在一起。承重结构得到了保留，地板和柱子也恢复了原有的纹理和颜色。这一切都营造出乡村般的气息。

为了增强效果，瑟瑟尼·西蒙公司特别设计了厨房的餐台、结合照明系统的床以及办公室内的家具。

大型玻璃窗提供了极好的通风条件，居住者可以尽情欣赏室外美丽的城市风光。

室内空间的设计非常灵活。布帘从挂在天花板上的横杆上垂下来，拉动它们就能改变空间的分布。类似的概念在这座住所中随处可见，例如那张装有轮子的床可以方便地移到其他场所。

华尔街阁楼 Loft on Wall Street

设计：AD 色彩工作室 Chroma AD　　摄影：ⓒ 大卫·M．约瑟夫 David M. Joseph
地点：美国纽约

时代品质房地产公司的委托是把一栋办公楼改造成 13 座可供居住和工作的阁楼。

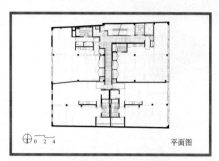

平面图

从一开始，设计的意图就是在这些阁楼内部反映周围环境的本质。华尔街是下曼哈顿区的一个商业区，其特点就是高楼大厦和狭窄的街道。很多时候，一栋建筑能接受到的惟一光线就是来自另外一栋的反射光。

这些阁楼有着截然不同的大小和形状，但是设计手法却是一样的：强调自然光线的巨大的窗子和高高的天花板以及光滑如镜的环氧树脂地面。此外，装置设备核心（厨房和浴室）的设计位置也尊重了原有的梁柱结构。以工业规范装备的更衣室既能保持私密性，同时又提供了充足的储藏空间。浴室装设了巨大的花岗岩盥洗台，并铺设进口瓷砖。

既然这里也是工作的空间，住所内还配备了最先进的技术（几条电话线和高速线路）以及为数众多的舒适用品，如风扇和暖气等。

博恩公寓 Attic Flat in the Born

设计：皮尔·科特肯斯 Pere Cortacans　摄影：© 大卫·卡德罗斯 David Cardelus
地点：西班牙巴塞罗那

这座公寓是巴塞罗那地区正在进行的重建活动的生动表现。

平面图

公寓位于巴塞罗那的博恩，一个街道狭窄潮湿又极不规则的社区。这座L型建筑的历史可以追溯到20世纪初，环绕着一座外侧刻字的、以波形金属板建造的旧车间。

这项工程是由皮尔·科特肯斯指挥实施的，他提倡完全改建该公寓大楼，把旧车间改造成中心花园。此外，科特肯斯还在顶层为自己保留了一间公寓。

这间公寓可分为3层：原有楼层、利用空调控制室下部空间建造的阁楼以及大楼屋顶的玻璃工作室。从工作室可通往屋顶天台。

这是一栋纵向划分功能区的空间。每一层空间都是为特定的活动设计的，因此具有不同的私密性和密度。

伦敦阁楼 Attic Flat in London

设计：麦克道尔与贝纳迪提建筑工作室 McDowell, Benedetti Architects

摄影：© 提姆·索尔 Tim Soar   地点：英国伦敦

"奥利弗码头"是一个从1870年就已存在的旧茶叶仓库，也是最早改造成住宅的港口建筑之一。

建筑师改建这栋建筑之后，他本人也搬到其中一套占据了两个楼层的公寓里。在更换业主及改建之前，大楼已经被废弃多年。这里可以领略独特的伦敦风光。

建筑师的公寓面积约为250平方米，分为上下两层，以铸铁柱支撑巨大的橡木格子窗和复杂的屋顶结构。在恢复原有建筑元素的基础上，麦克道尔与贝纳迪提借助对主空间的设计和屋顶两个露台的扩建，成功地实现了空间的转变。

在主楼层上，厨房是分配的中心。围绕着厨房安排了各个不同的空间：门厅、楼梯、走廊、烟囱和可以观景的起居室。入口旁个小房间，设有折叠床和盥洗室，可偶尔用作客房。

在较高的楼层上建有两个阁楼，一个设为主卧室和浴室，另一个是装有巨大合叶窗的小型工作室，可以俯瞰泰晤士河的美丽风景。

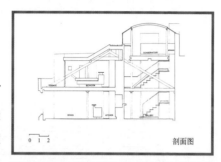

剖面图

格雷西亚阁楼 Lofts in Gràcia

设计：琼·巴赫 *Joan Bach*　　摄影：© 乔迪·米罗斯 *Jordi Miralles*
地点：西班牙巴塞罗那

虽然在同一栋建筑上，经重新改建的两座阁楼却具有截然不同的居住概念。

平面图

在第一座住处，主体的结构元素可以尽收眼底（大化板拱顶、墙面和框架梁），他们选择了一种简单的材料做地板：抛光的素混凝土，目的是创造一种工业的、甚至有些强硬的气氛。这座阁楼分成两个区域，其中一个是包括卧室和浴室在内的狭长区域，另外一个是宽敞的正方形起居室。起居室的一角是封闭的，因此使得厨房保持独立。

第二座阁楼选择把整个墙壁漆成黄色调，照明系统选择温暖的色调，还配置了新的功能性家具。这座阁楼由一间挑空的起居室、开放的厨房和被划分成3个层高的侧部空间构成。

最低一层为餐室和盥洗室。第二层是一间主卧室、两个辅助性房间以及更衣室和浴室。最后，第三层是留给孩子们用的，配有两间卧室、浴室和游戏室，游戏室也可以作为一间小工作室。

道斯阁楼 Tous Loft

设计：乔瑟普·玛丽亚·艾斯魁斯·伊普埃特 Josep Maria Esquius i Prat
摄影：©尤金妮·庞斯 Eugeni Pons　地点：西班牙 伊格拉达 Igualada

在诸多的家具中，他们拥有值得夸耀的、著名设计师斯塔奇设计的沙发和雅各布·拉风设计的盥洗池。

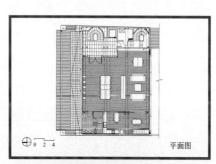

平面图

这座阁楼占据了一栋由办公室和车间构成的建筑物的顶层空间，该建筑物为一家重要的珠宝公司所拥有。它被设计为一个多功能区，公司职员可以在这里处理客户事宜、会见同业人员，也还可以在这里休息、吃饭和睡觉。多功能区的设计意味着它应在很短的时间内，只需极少变化就能满足不同需要。

建筑的原结构传达着强烈的工业气息，这种气息需要得到保留。因此，设计师决定保留两面坡的屋顶和其中的金属构件，并尽量避免空间的垂直分割。其他的装饰手法包括增加大型窗户，采用木质墙面和木地板，形成一种温暖的家居氛围。

在门廊和巨大的多功能厅之间有一扇大玻璃门，它是阁楼的入口。多功能厅中设有一张桌子，可用来开会。一件高大的橱柜把阁楼划分为两个部分，隔出餐厅所在的空间。白色沙发后面有一组向下的金属楼梯，通往一间卧室和浴室。在它们下面的空间则分布着厨房、餐厅和另一间浴室，房间之间以滑动门相互分隔。

巴黎阁楼 Loft In Paris

设计: 吉尔·珀希尔 Gil Percal　　摄影: © 吉乐斯·古斯坦 Gilles Austine / OMNIA
地点: 法国巴黎

建筑师吉尔·珀希尔设计了令两个楼层相互交流的通道。这一解决方案使他多获得了一个房间。

平面图

这个阁楼原本是巴黎第三区一栋建筑物的两个独立楼层——第五层和第六层。原来的第五楼层现在设置为一间工作室。一个夹有抽象标识的楼梯连接着第六楼层。标识不仅是一个视觉上的参考,同时也是上一层楼板的支柱,一根钢柱隐藏在这标识的左侧。铝合金楼梯板的纹理、承重构件和楼梯空间之间的互动,传达了可逆性的错觉,让人联想起埃舍尔的某些怪画。

第六楼层是一个具有整体感的空间,设有卧室、厨房和浴室。起居室和餐厅由屋顶木质横梁结构得到界定。横梁是不对称放置的,并保留了原有的状态。厨房处于一个平台之上,由家具将其与其他空间分开。这件起分隔作用的家具是一个巨大的书橱,位于起居室的一侧。自然光从侧窗和天窗直接透射到第六楼层。

弗兰克及艾米阁楼 Frank & Amy Loft

设计：分辨率第四建筑室 Resolution4 Architecture　　摄影：© 爱德华·休伯 Eduard Hueber
地点：美国纽约

用木料和合成板形成各种组合，他们就这样创造了和谐动人的室内气氛。

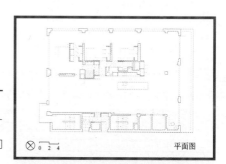

平面图

这座阁楼占据了一栋旧建筑物的整整一层。巨大的窗子是空间分割的基础，透过它们可以看到动态的城市风景。

对该建筑空间概念性的运用增加了阁楼内的工业氛围。该设计因而成为原有空间内一件雕塑般的陈设，其结果就是形成了一个紧凑而复杂的立方空间，其中设置了厨房、餐厅、浴室和其他辅助区域。设计师设计了一块立方形的实体，它既是一面墙，又可充作床头板。它不仅遮蔽了卧室这个私密的空间，而且也尽可能缩减了这个空间。这里，玻璃格窗形成了卧室的另一道墙。

辅助性的立方空间把公共和私人两种氛围截然分开，成为整个阁楼的结构轴线。在它的一侧分布着起居室、可视作厨房的延伸的餐厅以及入口。私人区域被掩蔽在公共的视野之外，便于它们自由地行使其功能。

设计：奥德丽·马特洛克建筑工作室 Audrey Matlock Architects　摄影：© 凯瑟琳·泰特 Catherine Tight
地点：美国纽约

为了减少空间的占用，空调被安装在了浴室顶部的人工天花板上。

平面图

这栋阁楼坐落在哈德逊河畔的一个旧工厂，紧临着荷兰大隧道。由于客户对空间的私密性要求不高，设计师就营造出一个通透的空间，虽然其中有些间隔，但是彼此总保持了一定的联系。可移动的隔断可以被拆走，但在大多数情况下为局部的通透，尽可能保持双重的特性。一些隔断是木制的，上部镶嵌玻璃，而另一些高度较天花板稍低，由合成板或者嵌在钢架里的玻璃板构成。隔断都配有轮子，可以沿着天花板或者地面的轨道滑动。

客户要求突出厨房空间。为了达到这个目的，设计师把厨房设置在一个特殊的角落，巨大的窗子为它提供了充足的光线以及漂亮的窗景。厨房内设有操作间和一张临时用餐的餐桌，向餐厅和起居室开放。

原空间的混凝土结构被保留下来，从阁楼的天花板和柱子就可看到。出于美学的考虑，一些墙壁被涂成白色，而另一些则贴上了枫木。

　　这套"双子座"建筑艺术丛书极其注重内容上的对比性，揭示了艺术领域中许多对立而又相互依托的有趣现象。它既讨论了建筑界各种设计风格之间的比较，也分析了建筑界与跨领域学科之间的联系与对比。它们全新的视角尤其值得注意，在著名建筑师与画家之间展开了别开生面的比较，以3个部分进行阐述，建筑师和画家各自生平简介以及主要作品的赏析各占一个部分，第三个部分则是对两位艺术家所创作的艺术形象及其艺术理念的比较。每册定价38元。

极繁主义建筑设计

极简主义建筑设计

瓦格纳与克里姆特

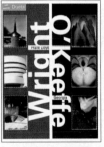

赖特与欧姬芙

米罗与塞尔特

达利与高迪

里特维尔德与蒙特利安

格罗皮乌斯与凯利